# LESESTÜCKE

## FERDINAND HARDEKOPF

copyright © 2023 Culturea éditions
Herausgeber: Culturea (34, Hérault)
Druck: BOD - In de Tarpen 42, Norderstedt (Deutschland)
Website: http://culturea.fr
Kontakt: infos@culturea.fr
ISBN:9791041909025
Veröffentlichungsdatum: FEBRUAR 2023
Layout und Design: https://reedsy.com/
Dieses Buch wurde mit der Schriftart Bauer Bodoni gesetzt.

ER WIRT MIR GEBEN

# VORWORT

. . . Immerhin lege ich spielerischen Wert auf das Faktum, daß ich gestorben bin. Dies fiel mit der Morgenröte der großen Zeit zusammen. Somit sieht man sich hier allerdings einem Spuk gegenüber. Aber solche Phänomene sind häufig, jedes ehrliche Gespenst schreibt seine mémoires d'outre-tombe, und alles kommt nur auf die Vitalität der Abgeschiedenen an. Da der Selbstmord als Symptom pedantischer Lebensgier entlarvt ist, so wird man begreifen, daß in diesem Falle nur Genußsucht das Motiv sein konnte. Schon bei sogenannten Lebzeiten habe ich mich nie gern langweilen wollen. Den Abgezogenheiten gab ich meine Vorliebe vor „realen" Details. Höchstens bewog philologischer Sammeleifer zur temporären Erduldung jener Beanspruchungen für die man das infame Wort „Liebe" verabredet hat. Schnell rettete ich mich ins Café. Dort erwuchs einigen der sehr erwünschte Zustand der „décadence": unsere beste Beute. Die Antwort des Iren George Moore auf die Frage wie die Kunst zu fördern sei: „Durch Gründung von Cafés", bleibt mir aus der Seele gesprochen. Aber diese Einsicht, so beweisbar, ist unzeitgemäß. Leider muß ich fürchten, daß die Antipathie gegen sie schlecht stilisiert sein wird. Wir Gespenster sind Enthusiasten des Stils, und vielleicht glauben wir an unsere Renaissance aus den Anspannungen der Formung. Es war der Dichter einer entschwundenen Mentalität: Goethe, der das „Stirb und werde!" in den West-östlichen Divan diktiert hat.

F. H.

# WIR GESPENSTER

(Leichtes Extravagantenlied)

Wir haben all unsere Lüste vergessen,
In Cinémas suchen wir Grauen zu fressen;
Erleuchtete Tore locken uns sehr,
Doch die Angst ist gering — wir brauchen viel mehr.
Als Knaben sind wir ins Theater gegangen,
Nach gelben Actricen ging unser Verlangen;
Nur Herr Kerr geht noch hin, gegen Wunder geimpft,
Der Bürger, der Nietzsche und Strindberg beschimpft.
Für Haeckel-Vergnügungen dankten wir bestens,
Da flohen wir zitternd ins Café des Westens
Zu heiligen Frauen. Es gibt auch Hyänen,
Die scharren nach goldenen Löwenmähnen.
Aus der Welt Dostojewskis sind wir hinterblieben:
Gespenster, die Lautrec und Verzweiflung lieben.
Wir haben nichts mehr, was einst wir besessen,
In Cinémas suchen wir Grauen zu fressen.


# DER UNTERPRIMANER

Ist die Nacht herangeschlichen,
Liegt das Schulhaus wie entgeistert.
Alles Gaslicht ist entwichen,
Und die Tür ist fest verkleistert.
Gleicht das noch den Korridoren,
Wo wir tags so stark gequält sind,
Wo wir linkisch, kahlgeschoren,
Zage meuternd —, tief verfehlt sind?
Geistergrün seh ich ein Schimmern,
Und der Schornstein wird so deutlich.
Aus den Gängen, aus den Zimmern
Quillt es neblig, süß und bräutlich.
Was umschleich' ich diese Räume,
Schleiche nicht in Liesbeths Garten,
Tief ins Dickicht — ihrer Träume
Fernsten Seufzer zu erwarten?
Ahnt ihr es? . . . Ich bin ein Buhle
Von bereits geknickter Haltung.
Um das Nacht-Phantom der Schule
Schleich' ich — trotz der Schulverwaltung.
Ahnt ihr meine Heimlichkeiten,
Nachmittags-Libertinagen?
Müde, etwas zu bestreiten,
Starr' ich auf die vier Etagen.
Diese klassische Kaserne
Ist erfüllt von Abenteuern!
Grüßten sonst die weißen Sterne
Sie mit ihren blassen Feuern?

## KONZENTRISCH

Mädchen sprießen jung im Sturm,
Bald muß ich sie lieben;
Und es wächst ein Bücherturm,
Der wird jetzt geschrieben.
Aufgetürmt aus Hart und Weich,
Bald muß ich es lesen,
Wortgebirg was Tintenteich
Lieblich einst gewesen.
Blondes Haar was Sonntagsdrang
Abendlich gewesen,
Augenblick und Überschwang
Muß ich fiebernd lesen.
Angst im Kreis der sie betrifft
Fühlt ihn eng geworden:
Gliederduft und Liedergift
Werden mich ermorden.
Ruhenden im tiefsten Tal
Macht ein Mißtraun rege:
Weib und Buch und alle Qual
Sind schon auf dem Wege.


## CAFÉ

Die Zartheit einer Frau, gelb glimmt der Puder,
Ihr Kleid erregt sich sommergelb
    (Wir wollen nächstens, Nekromanten,
     Kornduft in facettierte Parfumgläser einfangen!)
— Die schmale Frau begnadet das Café.
Gotische Spitzen, ein Filigrangewirr von Notre Dame,
Übertändeln die Fesseln;
Der schwarze Hut taumelt ein bißchen seitwärts — schräg zum Marmorschwarz.
Eine Gondel ondulierten blonden Goldes schwebt das Haar.
Madames Kniee knicken —: sie sitzt;
Und nun ziehn die Muscheln ihrer Fingernägel
Zwei, drei Weihwasserwellen
Von den Brüsten bis zu den Hüften;
Dann arrangiert Madame ihren Popo.
    Sie ist die edelste der Frauen und nicht lyrisch;
Sie ist auch gar nicht jung und hat in manchem Schlafwagen geträumt.
Sich in grün rollende Fischaugenkugeln versenken und nur vermuten dürfen, ist fast ihr Glück
    —
Ist ein Glück, so maßlos,
Daß der köstliche Atem der Welt
Für sie innehält,
Und dann losbricht, Weststurm auf bretonischem Felsen;
Eine Silhouette herrscht über das Meer:
Höflichen Gischt, weißen Tribut, schleudern die Wogen zum Herrscher.
    Oder wie wenn, nachts, dem belgischen D-Zug
(Der Kondukteur entstieg der galantesten Operette)

Von der anderen Weltseite ein D-Zug entgegenzüngelt,
Und die beiden Schlangen verstricken sich ein paar böse Sekunden,
Und aus ihren Lokomotivköpfen
Brüllt ein zischendes Pfeifen,
Taumeldumpf hingezogen,
Weh gedehnt,
Irr in der Nacht,
Das präzise Heulsignal zum letzten Geisterkampfe,
Ein violetter Schleierfetzen im Nebel,
Ein bös gestreckter Raucharm,
Wegweiser er in keuchende Wege, —
Eine eiserne Klagemusik,
Die im Nebel verrostet,
Im feuchten, rostigen Nebel, —
Das Stöhnen zweier Seelen,
Die, sich ahnend, einander vorbeibluten, —
Das hehre Maschinenkeuchen der Hölle,
Ein langes, banges Röcheln,
Schrill —:
Aus der Tiefe die Litanei
Der Lokomotiven.
     Oh, Madame, da wurden Sie glücklich
Auf der straffen Walstatt des wagon-lit,
Auf dieser weißen Ebene der Geisterschlachten!
     Durch den Puderschmelz ebbt eine Zärtlichkeit,
Die opalenen Halbmonde Ihrer Fingernägel
Verfinstern die korngelben Halbmonde
Ihrer Augenbrauen,
Und Sie denken, erschauernd, all der rapiden
Entweihungen Ihrer Mysterien.


## NYMPHENBURG

Ein Erzittern, glückliches Fiebern des Hirns und Taumeln der Brust, taucht in graugedehnte,
        rasengrüne Parkavenuen.
Es war eine Beschwörung: die Gifttapete berste,
Die mir, seit ich wühle (seit es irgendwo leuchtete) die lichte Scheidekraft verstellt.
. . . . . Es quoll ein grünes Auge;
In Bastseide, durchsickert von malvenfarbenen Eisenbahnschienen,
Räkelte sich Pierrot, der klügste, katholischste Amerikaner,
Grau das Wüstlingshaar, das Jünglingshaar, knisternd dem Weinlaub, dem Lorbeer und Frauen-
        Nägeln.
Aus Lackschuhen, glänzendster Eremitage, plätscherten die weißblauen, wolkenzarten Adern
        eines sehr hellen Nervenbeins.
(Soviel Wässer, Toilettenwässer, soviel Zärtlichkeit!)
Ein dunkler Mund zerteilte höflich den behutsamen Dampf.
Und es wurde Orphisches doziert.
Ich versank — lächelnd, vergiftet.
Da wußte ich meine heiteren Gefahren,
Und, edlerer Bürde nun gewürdigt, erschloß ich mir das volkgemiedne Land.
. . . Schon formt sich in der Stachelhülle,

Was, schmelz-duftig, nebelreif-atmend, die kältere Erde grüßen wird;
Prunkend die Avenue denkt gelbe Gedankenbäume, weite, bergige, spitzfindige wie die Lust
     (. . . die Lust . . .),
Eine weiße Fontaine zischelt Médisance, Marquise in gepuderter Wellen Perücke,
Die Marmorgötter lauschen und kichern und schmiegen sich lächelnd aus ihren Gewändern
(Welcher Doktor besorgt eure Kosmetik, Beine Dianens?),
Und, jenseits des Königsschlosses, lassen die Spiegelleiber heiliger Teiche,
Schwäne sind ihre Brüste,
Brüste,
Sich einbetten in Festungswälle,
Ritterlich wehrende, mit galant abfallenden Schultern, Pagenschultern.


## HALENSEE

(Da, MUSE, DU den Geist in diese Richtung schickst: —)
Man hat die Lichtung des Parquets neu-gelb gewichst.
Weiß brennt der Saal.
Doch in den festlichsten Minuten
Verzischen heiß der Bogenlampen Fluten;
Ein Dämmerlicht von grün und roten Birnen
Rückt näher die Privatbeamten an die Dirnen.
Und hoch und tief im Hinterraum
Wächst nun empor ein Tannenbaum,
Den vorher keiner sah —
Rauscht auf und ist mit Glühbewußtsein da.
Aus Goldovalen weiht ein Fürstenlächeln
Erlaubte Lust im Voraus zur Askese;
Der Siegerkranz wird noch die Narben fächeln,
Und ehrlos macht allein die Antithese.
. . . Wie hockt und knarrt, wachholderhaft gestrüppig,
Das nette Unterholz an kleinen Tischen!
In Pfützen-Augen blinkt, gemäßigt-üppig,
Der Wunsch, reelle Kragenhöhen aufzufischen.
. . . Die Saiten und die Tasten
Schrilln den Kommando-Takt,
Da sind die süßen Lasten
Vom Faunengriff gepackt.
Sie setzen ein mit Wippen,
Mit Schwänzeln und mit Kippen.
Accentuiern ihr Rundes,
Als wär es ein Profundes;
Das ist ein Strecken, Haschen
Der Finger und der Taschen,
Als sollte schon im Stampfen
Die teure Gier verdampfen.
Dies Branden wird kein Öl vereiteln.
Öl glotzt verdummt von Herrenscheiteln,
Und — unter prallen Knallgas-Garben —
Entfaltet es Petroleumfarben.
Schon zeigt ein jeder Bierglas-Pegel
Die Schmach des tiefsten Wasserstands,

Und rotgeschminkte Halbmond-Nägel
Vergilbung Cigarettenbrands.
Die Blusen mögen nicht mehr schließen,
Der Oberkellner murrt mit Nadeln.
„Ich schwur mirs zu, sie zu genießen!"
(Denn nur die Pflicht kann es noch adeln.)
Ihn quält an seiner Blutverlustmaid
Des kaum erworbnen Rechts Bewußtheit.
Und Lüste, schon vorausverdammte,
Erledigt der Privatbeamte.


# NOTIZ

nachts (2$^h$ 45 bis 2$^h$ 47 matin)

Böses Stampfen! (Vom Lauschen, vom Warten . . .)
Grünliches Hämmern, wie in der Chloroform-Narkose!
Ein Pumpwerk zerstößt die Nacht,
Dröhnt.
Mein Herz explodiert.
Die Angst arbeitet rhythmisch, exakt.
Aus einer Röhre, einem Trichter (einer Trompete?)
Fließt schleimiger Schein:
Das morastgelbe Licht der Welt — meiner Welt.
Der Lichtkegel trifft mein Ohr.
Leider bin ich verdammt, aus diesem schmutzigen Licht Angst zu pulsen, den Schein in Grauen
        zu transformieren, in Sentiments, in Elend-Quatsch.
Das dauert gewiß bis zum Grauen der Dämmerung hinter den Gardinen.
(O: das gute Angelus-Läuten!
Hirten auf dem Felde,
Kartoffelbauern auf dem Felde Millets!
Liebe Demut ihres gebeugten Rückens!)
. . . Ich bin einer, der nicht in Betracht kommt.
Kein Leben, keine Schminke um mich.
Nur die Angst meine Dame.
(Blicke kratzten, stächen mich,
Ich schriee, stampfte — hautlos ich.)
. . . . Nur verschrumpfte Gebete gelingen,
Keine Gebet-Kunstwerke.
Eine Schmach ists, von der Angst erlöst sein zu wollen;
Eine Schmach ists, glücklicher sein zu wollen, als äußerst unglücklich.
Es *irritiert* die geringste geglückte . . . Harmonie.
. . . . Warum nicht das äußerste?
Das isolierte Brennen heiliger Nervenspitzen, letzter Nahrung des Brandes?
Zuckende Reserven, züngelnd im Dampf, im Krampf.
Übrigens bin ich durchaus im Stande, den Ablauf solcher Empfindungen brüsk zu unterbrechen,
„Amerikanismus" anzuordnen und, mit einer Cigarette, kühlsten Herzens weiterzulesen in Henri
Beyles: „Le Rouge et le Noir." Selbstverständlich.

Die Lampe brennt ja noch.

# GENESUNG

Da Stund' um Stunde, selbst die bängste,
Wie silbergraues Plätschern kam,
Da ward's ein Tag, wo ich die Ängste
Mit lässigstillem Lächeln nahm.
Da tropften alle Qualen linder,
Sie perlten kaum auf meiner Hand,
Sodaß ich, endlich Überwinder,
Nichts mehr zu überwinden fand.


# RAPIDITÄT

Und voll Bewundrung für den Dichter
Warf wieder eine Keks ihm zu. —
Der zündet Rennmaschinen-Lichter
Und jagt nach der privaten Ruh'.
Er drängt den Leib, den lässig-fetten,
Ins Röhrenwerk des schmalen Wolfs
Und gibt sich der rekord-koketten
Spazierfahrt längs der Wonne-Golfs.
Nie war ein letzter Spurt gewürzter,
Nie flog die Disziplin so jach,
Nie war die Renn-Kritik bestürzter,
Und süßer nah war nie ein Krach.
Es puffen aus dem Zisch-Ventile
Parfums von Kriminal-Chemie,
Im Kilometerfresser-Stile
Skandiert die Gift-Maschinerie.
Dies ist der schnellste Höllenwagen,
Der schlingernd über Firnen fliegt,
Torpedo-Fisch mit Buffo-Fragen,
Den fernsten Graden angeschmiegt.
Am Mix-Benzin freun sich die Sterne,
Die Welt ist voll vom feinsten Schnaps,
Ein Sirup-Tank, Absinth-Cisterne;
Nun gehts durch süßen Felder-Raps.
Und wie er ihn mit Lust beflügelt,
So stoppt der Dichter seinen Blitz,
Entsteigt, die Hosen sehr gebügelt,
Dem eleganten Pneuma-Witz.
Bald lächelt er im Bistro-Reiche,
Blaß-kompliziert, in dunkler Box,
Erstaunt gebraucht er viele weiche
„Algériennes" und viele Grogs.
Vor seinem Gott wirft er sich nieder,
Der diesen Hetzreiz ihm geschenkt,
In halb schon kondensierte Lieder
Den Stampf-Rausch dieses Runs gelenkt.
DER faltet ruhig seine Rippen —:
Sieht ein Paar Hosen in Berlin,

Die, unter schminkgewohnten Lippen,
Sich inniger zusammenziehn.


## SUBLIMIERUNG

Ich sah dich Grenadine schlürfen,
dein Wildgeruch ergriff mich schon —
und hab nur stockend murmeln dürfen:
„Wer ist die scharfe . . . Attraktion?"
Dann ließ ich drucken: „Komm, du Dirne!
Ein Später wittert Dunst und Bau.
Du hast die hellste Kinderstirne
und bist die dunkel-tollste Frau!"
Vergeblich. Doch der Nicht-Genehme
war schon phantastisch angesteckt —
Du hast mich völlig, Unbequeme;
Und . . . ich hab dich, als mein Objekt.
O: dein von Mörderhand gekürzter
Polaire-Wulst, du zerwühlter Kopf,
durchreizt das Dasein mir gewürzter
als jüngster Judith Doppelzopf.
Was willst du, Fremde, noch verhindern?
Ich bau dich auf aus Kunst und Schaum.
Du wirst mir Unerhörtes lindern,
du bist ja mein in jedem Traum.
Wie gern in mystischer Verschwörung
dein Linien-Tiefstes sich mir gibt . . .
Laß uns allein! Du . . . Erd-Empörung,
bleib ferne, knäbisch angeliebt!
Ächz unter Assessoren-Küssen
Indes in Spuk- und Geisterwelt
mit zugespitztesten Genüssen
dein kluger Schatten mich umstellt.


## DAS CAFÉ-SONETT

Für L. R.

Den Marmortisch umsprühen Manieristen,
erregt vom Beichtwort Mauds, der Künstlerin:
„Weiß nicht, ob Weib ich, ob ich Knabe bin!"
Sie steigern sich in überhitzte Listen.
Der Dame liegt die letzte Nacht im Sinn.
Dem John, dem dunkelsten der Morphinisten,
dem Welt-Abbé, dem Décadence-Artisten
hält sie die gleiche klare Stirne hin.
Da: Jack, Gorilla, erster Fußball-Preis.
Der Geist bestellt die sechste Schnaps-Karaffe.
Wie Maud, erkannt, ihr süßes Schicksal weiß!
Es fällt die Festung vor dem Bild der Waffe.

Dem Football-Monstrum bringt man Huhn mit Reis.
Maud, sachlich: „Schaufle was du kannst, mein Affe!"


## BAR

Ein Prunk-Salon, wie eine Schiffskajüte.
Man sitzt in Club-Fauteuils bei Sekt und drinks.
Die schmalsten Mädchen tragen Riesenhüte
Und lächeln sanft, wie Mädchen Maeterlincks.
An der Portiere zaudern blasse Frauen;
Wie fallen ihre Mäntel blumenzart!
Es glimmen unter sehr geschminkten Brauen
Gazellenblicke rätselhafter Art.
Sie treten näher gleich verirrten Rehen
Doch nichts Erdenkliches ist ihnen fremd.
Sie sind all right vom Kopf bis zu den Zehen,
Ihr blondes Haar ist in die Stirn gekämmt.
Der Oberkellner eilt mit grünen Flaschen,
Und rote Geiger (welch Effekt im Bild!)
Erhitzen sich am Tanze der Apachen,
Da werden alle Frauenmienen wild.
Liane tanzt — und giebt die jungen Glieder,
Die sehr gepflegten, jedem Wagnis hin.
Sie biegt und rankt sich und entschmiegt sich wieder
Und ist ein Tier und eine Königin.
Es gährt Apachenblut in diesen Damen . . .
Doch ist Liane dann vom Rausch erwacht
Und blieb, als reiche Cavaliere kamen,
Natürlich nur noch aufs Geschäft bedacht.


## SPLEEN

Ein Bündel Mond erreichte mein Gesicht
Um 3 Uhr nachts, ein Quantum Butterlicht,
Und mahnte (3 Uhr 2): „Ein Spuk-Gedicht,
Nervös-geziert, ist Literatenpflicht!"
Die Kammer dehnte sich verbrecher-hell.
Der Mond, ein Dotterball, schien kriminell.
Da stieg die Dame Angst(-Berlin) reell
Auf ihr imaginäres Caroussel.
Ein Schneiderkleid umpreßte mit Radau
Die Dame Angst: die Gift- und Gnadenfrau.
Doch das Citronen-Ei (um 3 Uhr 5 genau)
Versank in Bar-Fauteuils aus Dämmerblau. —
Nachhüstelnd, matt-dosiert: „Macabre-Bar!
Ihr lila Blicke! Schweflig Tulpenhaar!
Aus Puderkrusten Tollkirsch-Kommentar!
Ein Gruß: du noctambules Seminar!"
. . . So. 3 Uhr 10. Wie süß verwirrt ich war!

# SPÄT

Der Mittag ist so karg erhellt.
Ein schwarzer See sinkt in sein Grab.
Dies ist das letzte Licht der Welt,
Das bleichste Glimmen, das es gab.
Aus Sümpfen schwankt Gestrüpp und Baum.
Die Birken-Nerven ästeln weh.
Die Zeit erblaßt, es krankt der Raum.
Tot steht das Schilf im toten See.
Die Luft strömt grau ins Mündungs-All.
Der Rabe schreit. Der Wald schläft ein.
Mich trennt ein rascher Tränenfall
Vom Ende und der Flammenpein.


## ODE VOM SELIGEN MORGEN

Für Emmy Hennings

Süßeste aller Ausschweifungen: schon morgens im Café zu sitzen, wintermorgens.

Die Cigarette: blonder Honig, Opium wölbt mich ein. (Heimlich-gothische Kapelle, Sicherheit.)

Es riecht nach Wärme.

Aus den Revuen knistern blaue Lust-Zungen. Links in mir sammelt sich eine entzückende Angst. Liebe Gifte heizen, hetzen.

O ihr *guten Droguen*: ich bete euch sehr an. Lesen; blättern; man entknöspelt Zeitschriften wie Mädchen: fiebernd-sachlich, weihevoll-zynisch.

Die Eine, die mit mir, mit dir ich *alles* waren! Mir Vergangnes, unter Hochdruck, explodiert. Das habe ich publiziert: diese lackierten Teufeleien, geschminkten Qualen, ihr kleinen lila Neurosen.

Aber ein bißchen verachte ich euch, ihr meine reizenden Gespenster.

Ich bin eine solide Bestie. Schwer zu töten.

Nur Kaffee und Cigaretten muß man uns natürlich garantieren. Dazu einige erdige Parfums. Schon vormittags im Café (wie einst —).

So inniglich verbummelt.

Und der Tag ist kompromittiert, der Tag ist süß. Ermutigt (ach!) singe ich dieser zuckenden Minuten Melodie; sing ich euch, ihr gebenedeiten Cafés; sing ich die tiefgeliebte décadence.

*Die* lieben wir, *die* streicheln wir mit gewürzten Caressen.

(Ihr sprecht sie mit falschem Nasal-Laut aus.) Wir pfeifen auf was ihr stolz seid, euren Auszeichnungen weicht ein Achselzucken aus, und was ihr höhnt ist unser maßloser Stolz.

Weltenwild ist unser großes Glück und sehr privat. Wir sind völlig verdorben und endlos selig; wir sind feine Tiere; die Mädchen nahe uns werden böse und herrlich, werden sensitiv, instruiert und instruktiv.

Diese Souveränität ist unangreifbar.

Alles können wir entbehren, natürlich außer dem Kaffee (bezaubernder Oliven-Tinte, die Innenränder beschreibend) und dem Café.

Sehr spöttische Herren sind wir weh schwankender Provinzen —

Selig in uns —

O: die geschmeckte Allmacht dieser Stunde!


## MORGEN-ARBEIT

> „Es ist die ewig selbe Qual!" —
> Und wär sie das noch tausendmal!

„Viel schonungsloser sei der Geist vernichtet!" . . .
Ich wacht' in pudrigem Artistenzimmer auf — —
Und nahm, der Geistestötung neuster Technik schon verpflichtet,
den Stacheltrieb zur Form erneut in Kauf.
. . . Bemerkenswerter Schlaf, in dem Films erglommen,
ein mattgetönter Zug freundlicher Erscheinungen.
Niederländische Kinder auf der Landstraße, in Holzschuhen,
Windmühlen ferne,
diskret angeboten,
alles in zwei Dimensionen.
> (Nur flächig sei hinfort geträumt,
> die Leinwand mildem Spuk gesäumt,
> des Raumes Alp hinweggeräumt!)

Dann kam der kinematographische Traum in einen Park. Auf zarten Wegen lustwandelten manche Cocotten. Leise bedeutete mir ein Mittelaltriger: die schlankeren Frauen seien am höchsten notiert; er selbst habe es nie begriffen; und er sage es nur für den Fall eintretender Rechtsstreitigkeiten. Ich dankte höflich, bereits unterrichtet. Mittels einer Geste fügte jener Herr bei: „Übrigens bin ich ohne Frauen ausgekommen." Ich lächelte beipflichtend. Gleich darauf wischte ich eine Dame weg, die etwas zu bläulich ausgehöhlt war, und die ich aus früheren, noch stereometrischen Träumen wiedererkannte.

Berlin W. 50. Die Morgenfrische. Schmelzender Schnee, halb-hübsches Getrief.
Schnell diese Nacht heimtragen, auf das Hochplateau des Schreibtisches.
Schon auf der Plattform der Trambahn beginnt die Arbeit.
Man ist leicht geätzt, eindrucksbereit.
Junge Mädchen, in der Spannung dieses Vormittags, besteigen den Wagen.
Ein einzig Wort pack' eines Fräuleins Sein!
Ich schon' mich nicht, ich setze Scharfsinn ein;
erschlürfs, ersaugs, ein Vampyr von Methode.
Das Weib ist neu mit jeder neuen Mode.
Wichtig ist der Augenblick, während dessen, von der Eisenstufe empor, das Mädchen, neunzehn
— viel ernsthaftes Gesicht —, sich zur Plattform aufhebt.

Der Ritus der zurückgekämmten Haare erhellt den Kurfürstendamm mit den überreinen Stirnen perfekt losgesprochener Sünderinnen, mit luxuriösen Triumphen über weggebeizte Heimlichkeiten, und einer Duft-Cascade sensationell wiederhergestellter Unschuld.

> Der Nord-Geist schlich in einen Süden:
> „Verkauft mir, Dame, Pflichtvergessen!"
> Er ward nicht müd, sie zu entmüden,
> von ihrem Schlaf noch pflichtbesessen.

Man wird fixieren alle diese Experimente, verfehlt vor der Unternehmung; die Kurve dieses verderblichen Wechselfiebers von Geist und von Sinnen. Man wird diese tragische Maskerade bannen, auf daß sie vorbildlich werde und erhaben-programmatisch.

Rebellion stürzt in „Ungesetzliches". Aber der Ausschweifung entsteigt, höhnisch-grau im Zahnpasta-Rosa der Morgendämmerung, pedantisch und unanfechtbar, ein Rückruf in die Pflicht . . . zur Formung eben dieses Fluchtversuchs.

Man hat gebummelt. Man wird darüber schreiben. In Kaethes, der Artistin, pudriger Räuberhöhle lauerte eine Sentenz über den Fleiß.


# MORGENDÄMMERUNG IN PARIS

(Nach Charles Baudelaire)

Man blies Reveille auf den Höfen der Kasernen,
Und Morgenwind durchfuhr die klirrenden Laternen.
Das war die Stunde wo der bösen Träume Schwarm
Den Jüngling anfällt in des letzten Schlummers Arm;
Wo, wie ein Aug voll Blut das zuckt und sich zersetzt,
Die Lampe einen Fleck rot auf das Frühlicht ätzt;
Und wo der Geist, vom Zwang des Körpers deprimiert,
Den Kampf der Lampe und des Dämmerlichts kopiert.
Wie Brisen im Gesicht die Tränen schwinden lassen,
So fröstelt es im Raum von Dingen die verblassen.
Schreibmüde ist der Mann und liebesmatt die Frau.
Von Häusern hier und da steigt schmaler Rauch ins Grau.
Die Sklavinnen der Lust, bleifahl das Augenlid,
Mund offen, schlafen nun, und sind im Schlaf stupid.
Die Bettlerin schleppt hin der Brüste Magerkeit,
Haucht auf die kalte Hand und haucht aufs Feuerscheit.
Das ist die Stunde wo, zerfroren, ungehegt,
Der Wöchnerinnen Qual sich zu verschlimmern pflegt.
Als würde ein Geschluchz durch Blutsturz abgeschnitten,
Zerreißt jetzt Hahnenschrei das Nebelmeer inmitten.
Ein Schleierwogen wird die Bautenpracht umspülen.
Doch Sterbenden entflieht, tief in den Nachtasylen,
Der letzte Röchelhauch, verkrächzt und abgehackt.
Ein Wüstling geht nach Haus, von seinem Tun zerplackt.
Das Morgenrot steigt auf, in rosa-grünem Flor,
Steigt aus dem leeren Strom, frostzitternd, still, empor,
Und düster greift Paris, noch halb im Traumeskreis,
Zu seinem Handwerkszeug, ein arbeitsamer Greis.

## BESESSEN

(Nach Baudelaire)

Die Sonne ist umflort. Manon, mach es wie sie
Und mummele dich ganz ins Fell der Apathie.
Schlaf oder rauche viel; bleib still in Qualverbrämung
Und tauche auf den Grund der tiefsten Willenslähmung.
Ich lieb dich wie du bist. Doch: sollte es dir passen,
Die Finsternis, mein Stern, heut Abend zu verlassen,
Und aufzuleuchten da, wo bunte Tollheit lacht,
Das wäre hübsch, Manon. Wir bummeln heute Nacht! —
Entzünde deinen Blick am Strahl von tausend Lichtern!
Entzünde die Begier auf schweinischen Gesichtern!
Du ganz bist meine Lust, ob strotzend, ob morbide;
Sei was du immer willst: Zerrüttung oder Friede,
Sei Licht, sei Dunkelheit —; laß mir nur eins gelingen:
Mich, Satan-Göttin, DIR als Opfer darzubringen.


## ABNEIGUNG

Ich presse zu Linien die lästigen Bäche
Und denk' die ent-ölten in ebenen Plan;
Ich hasse den Raum, ich vergöttre die Fläche,
Die Fläche ist heilig, der Raum ist profan.
Ich werde mich listig der Plastik entwinden
Und laß euch gebläht im gedunsenen Raum.
Ich denke die lieblichsten Schatten zu finden
Im gefälligen Teppich, im flächigen Traum.


## XENIEN

Was wir waren,
Dürfen wir nie erfahren.
Wie freundlich ist die Lehre:
Quiëta non movere.
Nie rühre den Brei der Erlebnisse
Ins Bewußtsein wieder hinauf;
Die saure Tinktur der Ergebnisse
Fräß' den Verstand dir auf.
(Goethisch)
Daß sich aus den Traumgestalten
Fliegend weiße Schatten lösen,
Mag sich wunderbar verhalten,
Wie im Guten so im Bösen.
Der Spötter zielt auf mich
Und kriegt den selben Stich;
Denn jeden Spottes Scheibe
Trägt jeder selbst am Leibe.
Wir sind ins Leben eingeengt

Wie in ein platzendes Kleid,
Aus dem heraus uns zu sich drängt
Jenseitigkeit.
Warum Jean-Jacques, der große Pädagog,
Die eignen Kinder nicht erzog?:
Wär' er bei seiner Brut geblieben,
Nie hätte er sein Werk geschrieben.
Das Leben: eine blague aus Schleim und Eiter.
Das Buch besteht und hilft euch weiter.
Nie gelingt ein Dasein richtig;
Nur der Dicht-Extrakt bleibt wichtig.
Will einer sich an Meinung binden,
So wird er immer gebunden sein;
Er wird sich immer schlecht befinden,
Denn er wird als schlecht befunden sein.
Ihr Leute, seht euch den Zauberer an,
Der sich aus nichts etwas machen kann!
Der Dinge Gutes: Verlaßbarkeit.
Frei — das heißt doch wohl: befreit.

## WINTERGARTEN

Mit Revolverschüssen, Korsettgekrach und Schädelspalten, mit dem Feixen irrer Clowns und dem größenwahnsinnigen Rasseln eines Dutzends Motorräder, die, auf der steilschrägen Innenfläche einer Holzschwellen-Kreisbahn, um die Wette wirbeln, ist uns eine Viertelstunde Nervenruhe nicht zu teuer erkauft. Hei — unsere fröhliche, zerkrampfte Hetzjagd nach der Ruhe, nach der hehren, hochheiligen Stille, da wir den Willen abdanken (den verständigen, blöden!), da die Ängste schlafen gehen und die Begierden all, eingelullt, ihre schlanken, sehr biegsamen Katzenrücken niederstrecken zu blinzelnder Apathie! Dann stiehlt sich von fernher, aus der nebligen Nacht am See, ein ganz matter Lichtstrahl auf die dunkle Weide unseres Traums, ein gelber, feuchter, verschwommener Lichtstrahl, den die dürstende Lunge einsaugt als ein unendlich Kühlendes, Tröstliches und Kindliches. Über den See braust, von Westen, der Sturm; in jedem Gertenast der Weiden wacht, gepeitscht und peitschend, eine uralte Zärtlichkeit auf; und wir — Pola, meine Schwester: du und ich — sind starr geneigt gegen den Weststurm, bieten ihm, mit dem gellenden Schrei der Erlösung, die Brust dar. Dein Haar, eine Seelenflut, jauchzt schwarzwellig in Lüften, dein Antlitz, wachsam und glücklich, springt vor zum gespannten Profil, aus Zisternen herrschen nächtig deine Augen —, und wir trotzen, herrisch, majestätisch, in tief-ewiger Ruhe, dieser Empörung, dem Chaos, daraus wir entsprungen sind auf langer, todesschmerzlicher Reise, und das wir lieben mit schmaler, gepreßter, unabänderlicher Anbetung . . . Die Rebellion wollen wir: denn sie ist unsere Ruhe; die Erregung um jeden Preis wollen wir: denn sie ist unsere Heilung. Willkommen: ihr Sturmgeheul und Orgelgedröhn, ihr Schauer in den Katakomben der Zerrüttung, Revolverschüsse, Feuersbrünste des Atropins und ihr disziplinierten Verwirrungen Cancan tanzender Dessous! Notre Dame und Folies Bergère — ihr Sanatorien der Gipfel! Ihr transzendentalen Räusche! Ihr Kultstätten, da eine harte Inbrunst raffiniert geworden ist und sich präzisiert hat in unerbittlich triumphierenden Formen! Das in mittelalterlicher Zähigkeit gehäkelte Spitzenwerk gotischer Domtürme und das freche Eisengerippe des Eiffelturms — schießen sie nicht mit der gleichen nachtwandlerischen Mathematik in den Äther? Randleisten aber dieses Bildes, zeichnen schwarze Fabrikschlöte die schamlosen Linien des Satans und Seurats gegen den fahlen Horizont. In geeinter Lust dürfen wir all das genießen. Denn brüsk und beseligend, wird das Brüllen der Glocken, das Schmettern der Carmagnole und die rhythmische Barbarei der Dampfhämmer übertönt von der einen, harmonisierenden, idiotischen Melodie: Tarara — bumdiäh! Das Variété, ein Narkotikum, bringt die Versöhnung . . .

## FRANZ BLEI

Daß plötzlich ein gelber Herr aus dem achtzehnten Jahrhundert (den linken Lackschuh schleppt er ein bißchen nach; und wenn er wollte, könnte er den devoten Körper sehr leicht zu Korkzieher-Spiralen ringeln) in einen Kreis Entwurzelter eintritt, dunkel lächelnd „Guten Abend" bietet und allsogleich beginnt, durch viel Ordnung und Anordnung allerlei Seelchen nachdrücklich zu verwirren —: das hat allen Schein und Anspruch so sehr gegen sich, daß ich kaum jemanden bitten mag, zu genehmigen, es sei geschehen irgendwann. Ich selbst habe es gesehen; aber ich glaube es nicht und wünsche, alles geträumt zu haben. Erleben sagt wenig für den Erlebenden, und alles nur für das Erlebnis; der Träumende aber darf sich fast so hoch schätzen wie seinen Traum . . .

Der Doktor Blei entwindet sich der Finsternis und ist, von der Taille abwärts, hinter einem niedrigen Säulen-Oktogon schnell so sicher verschanzt, daß nunmehr eine Büste im Frack, aus bösem Stamme erwachsen, vor einer schwarzen Leere schwebt und wirbt. In der Geste Eines, der dem großen Brummel Diener und Vertrauter war. Eines, der das rührende Evangelium des Dandysmus in pflichtschuldiger Pedanterie ein bißchen forciert. Da dieser Getreue den entschwundenen Vorbildlichkeiten seines Herrn melancholisch nachgrübelt, drängt sich ihm dermaßen die Unzulänglichkeit aller Späteren auf, daß aus dem dünnen, blassen Kreis seines Mundes ganz zerbrechliche O — O — O!'s in die Luft puffen, kleine, mokant schillernde Seifenblasen, die nach kurzer Bahn zerplatzen und einen süßlich-irritierenden Hauch hergeben. Und nun ist keiner mehr überrascht, hinter dem grauen Dandy, auf dessen hoher Stirn die gravitätische Heraldik sechs paralleler Wellenlinien eingefurcht war, einen gelben Höfling aus „Kabale und Liebe" wiederzuerkennen, hurtig dann auch den Doktor Coppelius, hinter riesigen Brillenscheiben versteckt, und endlich Mephisto selbst, der, wiederum lächelnd, die Maske des die Sinnlichkeit protegierenden Privatdozenten ablegt und, ein arbeitsamer Systematiker, mit seinen moralischen Anekdoten aus besserer Zeit einer sublimen Selbstgefälligkeit fröhnt. Er respektiert die Moral und distanziert sie. Darauf wird die Beschränktheit der Gottlosen geduckt. Diesem Doktor ist es nicht um die Rationalisten zu tun. Er endet — die Wachsmaske eines allzu durchwühlten Goethekopfes — als gemessener, orphisch tönender Fatalist. Aus der Puderwolke starrt tief-tröstlich und korrekt ein Totenschädel.

## HEBBELS LETZTE STUNDE

In dem hohen, altertümlichen Büchersaale stand der Examinator vor seinem Schüler, der, in mittleren Jahren, kein Enthusiast mehr war. Dieser Zögling trug ein Gewand von schwarzem Sammet. Nach Schillers Werken mochte sich der Examinator heute nicht erkundigen. Mürrisch zog er ein paar Bände aus der Bibliothek hervor: sie war wenig geordnet. Neben Maria Stuart preßte sich Casanova. Nein! Doch da schimmerten schilfig Hebbels Tagebücher, und der Examinator fragte: „Wo stehen die Sätze reiner, lichter Prosa über Hebbels letzte Stunde?" Der Examinand hatte die Antwort parat; behaglich-amtlich nannte er Band und pagina. Und um nähere Auskunft ersucht, gab er Einzelheiten:

„An einem Sommernachmittag hatte das alternde junge Mädchen heimreisen müssen in das Patrizierhaus der kleinen Stadt. Das Haus lag noch in seinem Garten da, in Liebe und Ruhe.

Vormittags war die Luft heiß gewesen, und der Garten hatte viel Sonne getrunken. Es wuchs darin eine einzige Art von Pflanzen: Sträucher mit flachen Riesenblättern, die waren wie die Blätter der Wasserrosen. Jetzt war es grau und schwül geworden, nur linder in den steinernen Gängen des Hauses. Nun trat auch Christian Friedrich H. Hebbel in den Steingang (vielleicht war die Türglocke erklungen) und legte seinen Reisesack an der Haustür nieder. Er warf einen Blick in die grüne Wirrnis draußen. Die Sonne schien nicht mehr; aber die Blätter leuchteten noch von dem Licht das sie eingefangen hatten, einige matt, andere hielten dicke Glühballen Leuchtens umwachsen. Da ließ sich Hebbel nieder zum Gebet: „Ich danke dir für diese letzte Stunde, die ist voll klarer Gedanken!" Aus dem grauen Garten kam Kühle. Wollte ein gelber Blitz es tun? Hebbel empfand keine Angst. Nur einer der nicht in dieser Stille war (und der von allem viel später erfuhr) dachte leise an ein bißchen Angst. Drei Tage lang ging Friedrich Hebbel in den grünen Gängen umher. Er erlebte seine letzte Stunde — Stunden gläserner Reinheit. Drei Tage lang weilten Hebbel und Esther in diesem Haus, ohne um einander zu wissen. Zur Seite des steinernen Ganges lag ein Gartenzimmer: das eigentliche Zimmer der letzten Stunde. Obgleich es offen stand, hat Hebbel selbst, aus Bescheidenheit und Würde, es nie betreten. Esther dagegen scheint in diesem Zimmer gewesen zu sein: von einer Frau verspürte es weniger Dérangement. Die Früchte die im Zimmer waren hat auch Esther nicht berührt.

Dann verließen beide das Haus, in dem sie neben einander gebetet hatten. Die Umstände wie sie später zusammentrafen sind fraglich geblieben. Sicher ist nur das eine: daß die fremde Dame, die in rotgeblümtem Kleide erschien, mit Frau Christine Hebbel auf eine passende Art bekannt gemacht wurde. Die Fremde sah sich mit all dem Ernst aufgenommen den diese Sachlage erforderte . . . Hebbel, sobald er nach Hause zurückgekehrt war, suchte die Sätze über seine letzte Stunde in den Papieren: sie fanden sich schließlich auf seiner Netzhaut. Dort glaubte er sie sicher —: allzu sicher. Denn als man sie nach seinem Tode entdeckte, waren sie schon verwischt und wiesen die Unklarheiten auf mit denen sie im letzten Bande der Tagebücher wiedergegeben sind. Übrigens stand Hebbels eigenes Erlebnis auf seiner linken Netzhaut und das Esthers auf der rechten. Er selbst soll noch geäußert haben, dies sei ein Beweis für die unbeteiligte Seherkraft des Dichters. Das ganze Vorkommnis erschien ihm wie eine Illustration des: „media vita in morte sumus". Friedrich Hebbel starb (viele Jahre nach seiner letzten Stunde) mit einem Fluche auf den Lippen — einem Fluche gegen jene die in der Gartenhausaffäre irgendwie Leid, Pathetik oder aufdringliche Stilistik finden würden."

Der Examinator mußte diese Antwort in vollem Umfange gelten lassen. Und längst sitzt der Zögling auf einem Lehrstuhl für visionäre Literaturgeschichte.


## MÜNCHNER NOTIZEN

### I: Absage an ein Café

In München zu leben, erscheint mir verächtlicher, als die meisten anderen Todesarten. Es ist der Selbstmord, ohne die Ehrlichkeit des Giftes. Diese Damen und Herren möchten sich dem Amerikanismus versagen und erreichen nicht einmal zum Kloster das asketische Pathos. Nun bilden sie, im Café, ein andächtiges Publikum der eigenen Verwesung; halten lockende Siesta bei offenen Sargdeckeln; und die Ratlosigkeit von Geheimnissen, die keine sind, formt, auf zerfallenden Gesichtern, ein blasses, wissendes, gequältes Grinsen. In die gute Aufrichtigkeit der Angelus-Stunde plärren Castraten ihr Coffeïn-Lallen. Wie anmaßend sie sind, und wie unkeusch — die Knaben! In der Ecke aber zersetzt sich eine Portion käsiger Quallen: die hungrigen Detektivs der Seelen-Zerlegung, sehr avanciert. Die glotzen auf die heiße Kalkwand, jenseits der Straße, und erträumen den Mäcen, der sich von ihnen, in Monte Carlo, verführen lassen wird. O: liebe, liebe Münchner Nuance der psychologischen Hochstapelei; bibliophile Rastas; süße, schmierige Insassen der ewig selben Polsterungen; virtuelle Helden ihr; wichtige, notwendige, registrierte, acclamierte Dämonen —: möge ein Ekel, den ihr erregt und nicht mehr empfindet, euch dennoch zerfressen. (Hymne der Abschüttelung.)

**II: Glück der Betrachtung**

Meine Abende, meine Nächte gehören jetzt dem Bar royal. Wenn, in ernsthaften Perlen, das Eiswasser auf den Pernod tickt, so denke ich Dein, Geliebte. In Deinen Haaren ist ja die Sonne und das Kornfeld und der Schwefel, die gelbe Tulpe und der Kiesstrand des Meeres, Gold mancher Arten und der späte, nordische Sandweg zwischen Birken, aber auch viel kupfernes Grün, oft fahle Asche und gilbendes Schilf. Doch Du bist mir fern, und ich sammle Dinge, von denen ich Dir erzählen werde. Ich sehe Frauen, schlanke, entravierte Säulen; ihre Gesichter glimmen pudersanft im Schatten großer und herrlicher Hüte. Die Töne dieser locker fallenden Federn sind aufeinander eingestimmt. Pleureusen: sind sie nicht wie das bleich zerfließende Weidenlaub auf dem Grabe des armen enfant du siècle, des Herrn von Musset? Oder gleichwie kokette Sternschnuppen sich über den Nachthimmel wiegen, so wallen sie auf im frechen Triumph der Sünde: stolz erhobene Siegeszeichen von Schlachten, die in der Tiefe gewonnen worden sind.

Und ich sehe die Wandlung einer prallen Heroine zur Buhlerin. Sicherlich ist sie Gattin des kahlen, straffen Pensionierten, der berechtigt ihre Augen durchsucht. Aber je mehr Wein er sie trinken läßt, desto unwiderstehlicher fühlt sie die holde Schmach, von einem häßlichen Manne bezahlt zu sein. Rasch gelangt sie zu den Zärtlichkeiten der unregelmäßigen Frauen. Ach, Madame, Sie sind nur liebenswürdig, weil Sie, hier im Bar, Ihre Erfindungen veröffentlichen können! . . . Doch wie kühl der Pensionierte ihre schmeichlerische Hingabe quittiert. Ich ertrüge es nicht, den Schein geliebt zu werden so leichten Kaufes zu genehmigen; nicht auf dem Divan, nicht am Schreibtisch könnte ich Erfolge Genüsse Lobsprüche acceptieren, um die ich nicht lange Jahre gedient hätte, zu denen die Wege nicht verschlungen und voller Angst gewesen wären. Und noch das Glück, mein Glück dürfte nur sein wie eine Minute Rast im Versteck, auf der Flucht vor den hartnäckigsten, boshaftesten Verfolgern —: eine Minute irren Vergessens, eine Minute Spleen:

> Der Fülle des Gegebenen
> Entwächst das Schmale, Zarte;
> Die Betten sind die Ebenen
> Für Smarte und Aparte . . .

Draußen herrscht, mit hieratischen Geberden, die Nacht. Doch ihr Reich ist gefährdet, und bald wird das Licht hereinbrechen — das Licht mit seinen überflüssigen Vermutungen und Feststellungen, mit seinen Einzelheiten und Indiskretionen. Noch schimmern die Façaden zurückhaltender Paläste im Gespenster-Grün des Canaletto; noch lauern, mystische Radierungen, die florentinischen Kulissen der L . . . straße in brüsk begrenzten Schatten, durch welche Verschwörer schleichen müßten, Satanskinder und lungenkranke Ekstatiker. Sehr korrekt schreitet die Dachfirste entlang eine Prozession mondsüchtiger Sonnen: die violetten Lichtballen der Bogenlampen. Sie leuchten nicht, doch sie lassen grell eine Finsternis erkennen, die moorig ist, asphaltiert und imaginär . . . Da dämmert der Tag: der Feind. Im Priesterseminar ein Seitenfenster wirft gelbes Studierlicht ins Gebüsch. O, die Triumphe wie die Idyllen des Katholizismus enthält diese Avenue. Die Brunnen schweigen; Geranien blühen die Rasenbeete entlang: eine unversöhnliche Spur frisch verströmten Blutes. Plötzlich erlöschen alle Bogenlampen. In sachlicher Landschaft finde ich mich wieder. Pappeln und Gärten. Die Erde giebt einen putriden Hauch her: den leisesten Vorduft des Herbstes. Das beglückt mich tief. Den ganzen Horizont hat nun Botticelli mit seiner lichtlosen Helligkeit bemalt. Aber von wo ich komme, schläft noch im Dunkeln die Stadt, überstülpt von der Theatiner-Kuppel, und seit Jahrhunderten bewacht von der erhabenen Nachtarbeit fiebernder Hirne.

# DAS MORALISCHE VARIÉTÉ

In Marseille, dieser gefährlichen Stadt, die fast schon Afrika ist, und auf deren Straßen die Hautfarbe tunesischer und algerischer Frauen das Repertoire europäischer Sinnlichkeit um eine wilde Irritation bereichert, in dieser Stadt, zerwühlt von Sonnenglut, Verbrechen, Vergangenheit, gehörten meine Abende dem café-concert, dem Variété. Man geht spät hin, die Vorstellung wird lange dauern, über Mitternacht hinaus. Der weite, staubige, sachliche Saal des ‚Palais de Cristal‘, an der Allée de Meilhan, ward rasch meine Heimat. Denn dieses Publikum kannte ich aus gelben Bänden des Herrn Guy de Maupassant und andrer, um die Wirklichkeit besorgter Autoren —: Reedersöhne, den steifen Hut im Nacken, abgehärtet durch Meerfahrten und von erfahrenen Frauenhänden wieder verweichlicht; Bürgerfamilien, aufmerksam und mürrisch; junge Arbeiterinnen, ohne Hut, schwarze Schlangenhaare zerweht im Gesicht und das saugende Kind an der Brust; achtzehnjährige Proletarier, die Fingerspitzen gelb vom Cigarettenrollen, eigensinnig und schon verwöhnt durch äußerste Bereitwilligkeiten parfümierter Damen, zerknitterte Sherlock-Holmes-Hefte in der Tasche und reifende Apachen-Ideale im Herzen; Kokotten, steil und bunt und eng in ihre Röcke gepreßt, mit den Ledertaschen schlenkernd, lässig und frech und beabsichtigt, und, voll Einverständnis mit jeder staatlichen, gesellschaftlichen, kapitalistischen Ordnung, die Couloirs zwischen Parkett und Logen durchschlendernd, Ware und Verkäuferin durch Personalunion kombiniert; Polizisten mit übertrieben stechenden Seitenblicken; ouvreuses, die sitzenden Damen Fußbänke unter Stöckelschuh und Seidenbein stellen und dann dem Kavalier eine Hand hinhalten; Bengels mit chronischer Heiserkeit und deshalb Ausrufer von Orangen, Pistazien und frischen Feigen, bläulichen, noch mit vielen Blättern; Neger, blinkend, grinsend, wissend; viel kleines Volk, das am Tage Schnecken verkauft hat und Austern und Muscheln und mancherlei schleimige, gallertartige, quallige ‚Meeresfrüchte‘; Pfandleiherinnen, die noch aus Balzac stammen, und Zollbeamte von Dumas père; und all die Matrosen, rote Troddeln auf blauen Mützen, solide Gesäße flott auf die Brüstung des Parketts geschwungen, baumelnde Beine und Kennergesichter, die den Effekt: ‚Weltmann‘ unter elementarer Gleichgültigkeit verheimlichen. Doch, damit rechnen sie schon, der vollkommenste Genuß wird sich ihnen aufdrängen, die Kokotten ‚fliegen‘ auf sie, Begeisterung ist Hingebung, und so requirieren gerade die tumben Rekruten, die verträumten Schiffsjungen in libidinösen Boudoirs viel unbedenkliche, unvorhergesehene, unbezahlte Wonnen . . .

Vom Balkon des ersten Ranges betrachte ich diese unruhige Zuhörerschaft. Seitlich erweitert sich der Saal zu einem riesigen Café, und weil dessen Wände ganz aus Spiegeln bestehen, so entdeckt man eine unerhörte Folge belebter Räume, durchsucht von milchigem Bogenlicht und verhängt mit den zitternden Schleiern des Cigarettenrauchs, wie mit Fetzen eines sehr feinen Nebels. Zur Linken der Eingangstür, an der promenade circulaire, diesem Karussel von Gier und Verheißung, steht ein Likör-Buffet, und dessen Inschrift lautet nicht: ‚Bar Thérèse‘, sondern: ‚Thérèse's Bar‘. Das ist der verräterische Apostroph, der die Bedrohung der ‚Revue des deux mondes‘ anzeigt . . .

Inmitten der wüsten Bühne steht ein junges Mädchen, schmal, gehetzt, dürftig, trotzig. Es singt, vor Inbrunst plärrend, ein Lied, das ein erotisches und revolutionäres Lied ist. Auf den Festungswällen von Paris, auf den ‚fortifes‘, ist Flora aufgewachsen wie eine wilde Blume. Und kaum verstand sie zu lieben, da gab sie sich Einem, der gefährlich war, und der hieß: ‚Le grand Frisé‘. Dem verdiente sie Geld mit ihrem Leibe; und sie ist tüchtig um ihrer Liebe willen:

> Maint'nant j'ai du coeur comm' pas une,
> Quand il s'agit de s'occuper.

ER schlägt, zerbläut, er zerstört sie ganz: „mais que voulez-vous, moi j'aim' ça." Und dann:

> Quand j'danse avec le grand Frisé,
> Il a un' façon d'm'enlacer;

> J'en perds la tête,
>     J'suis comme un' bête.
> Y a pas! je suis sa chose à lui,
> J' l'ai dans l'sang, quoi! c'est mon chéri,
> Car moi je l'aime, je l'aim' mon grand Frisé.

Krächzend stößt sie diese Ekstase, diese Opferung heraus. Und irrer, hemmungsloser schwillt die böse Litanei empor, bis hin zu triumphierender Vezweiflung:

> Tout c'qui m'rest' maintenant
> C'est toi mon homme!

Darauf, schrill, ein Pfiff: das Zeichen des Berufs, der Verrufenheit . . . Wie es diese Solidaritätserklärung, dieses Kameradschaftsliedchen (von der andern Menschheitsseite), dieses romantische und moralische Couplet sang, da verklärte sich das schmale junge Mädchen innigst. Und das Liedchen — das bedeutete die späte Erfüllung jenes frommen Gebets, das, im Jahre Siebzehnhundertundneunzig, ein venetianisches ‚Dirnchen' dem Kunstreisenden Goethe hingeträllert hatte.

‚Notre Dame de la tune': die nächste Chanson. Une tune — das ist ein Fünffrankenstück. Wieder sind wir jenseits der Konvention; denn diese Sympathie mit der Straßendirne ist nicht bürgerlich, ist nicht lüstern, sondern romantisch, schwärmerisch, christlich. Ein der eigenen Sicherheit müdes Publikum schlürft hier die Lyrik, die Moral, den Ehrenkodex der ‚Feinde', der Helden des Aristide Bruant, jener unbestimmten, aufgelösten, hin- und hergeworfenen Schicht, die die Franzosen ‚la Bohème' nennen und deren Bestandteile Karl Marx aufgezählt hat in seiner Schrift: ‚Der achtzehnte Brumaire des Louis Bonaparte': neben zerrütteten Roués mit zweideutigen Subsistenzmitteln und von zweideutiger Herkunft, neben verkommenen und abenteuernden Ablegern der Bourgeoisie, Vagabunden, entlassene Soldaten, entlassene Zuchthaussträflinge, entlaufene Galeerensklaven, Gauner, Gaukler, Lazzaroni, Taschendiebe, Taschenspieler, Spieler, Maquereaus, Bordellhalter, Lastträger, Literaten, Orgeldreher, Dirnen, Lumpensammler, Scherenschleifer, Kesselflicker, Bettler. Das war das Inventar von 1848. Heute wäre das Wort ‚Apachen' beizufügen, in dessen Nimbus nicht nur die Variétés, sondern auch alle Journale verliebt sind. In der Tat, lieber wollen die Franzosen nach wie vor ermordet werden, als auf die Anbetung ihrer Mörder verzichten. Frankreich kokettiert mit denen, die es sabotieren; neidisch schielt es nach der neuen Sittlichkeit, die erwächst, sobald alle Grenzen überschritten sind, nach der Disziplin der Entordneten, nach ihrer leidenschaftlichen Moral — welcher das café-concert Hymnen dichtet in unermüdlichen Variationen.

. . . Doch brüsk wenden sich alle dem Eingang zu, durch den, schwitzend, keuchend, eine Rotte Männer eindringt, beladen mit Ballen von Zeitungen. Denn es ist Mitternacht, und vor einer Viertelstunde hat der Rapidzug der Linie P.-L.-M. die Pariser Morgenblätter auf dem Bahnhof abgeliefert. Man reißt sie den Camelots unter den Armen weg. Der Saal wird zu einem Ozean aus schäumendem Papier, er brandet nervös gegen die Logen. In Paris hat Clémenceaus Florett das Ministerium erstochen, nie ging es auf dem politischen Theater boshafter, entschlossener, geistiger zu, und das ist eine Sache, die jeden berührt. In diesem Lande, das ein Schauplatz ist ertrotzter, gepfefferter, gesalzener Laufbahnen, braucht niemand seinen Berechnungen und Anspannungen Einhalt zu gebieten. Ministerkrisen erregen, berauschen, ermutigen — und deshalb wirbt die Sängerin, deren schilfgrüner Arm das Weltall zerteilt, unerhört um Teilnahme für ihre idyllische ‚ronde du soir'.

Erst die nächste Darbietung: eine Pantomime, setzt sich durch. Monsieur Adams, der ein großer Künstler ist, hat sie erdacht, und er selbst spielt den Pierrot, einen wunderschönen, pessimistischen, sehr gequälten Pierrot, wie auf den Bildern des Watteau der ‚butte': des Adolphe Willette. Pierrot hat eine himmlische Seele in irdischem Körper, Colombinens Leib ist himmlisch, und ihr Seelchen haftet an der Erde. Diese banale Antithese wird in der Darstellung des Monsieur Adams zur Menschheitstragödie. Wie dieses mehlige Philosophengesicht, dessen eingefallene Wangen der Mondschein pudert, und dessen Lippen tollkirschenfarben erglühen, auf das Ersehnte starrt, auf das Notwendige, nie doch Erraffte, nie Verstandene, nie Verstehende, auf das Entgleitende: auf die Frau, wie es giert, bangt, zergeht, ausbricht in Haß, Verachtung, Wahnsinn, Todeseinsamkeit — das konzentrierte alle Erkenntnis von der Inkommensurabilität der Geschlechter, das wiederholte und überholte alle Beweise des Mittelalters: mulieres homines non esse, und das war eine hübsche, klare Randglosse zu jener fundamentalen Ironie eines Gottes, der auf einander anwies Mann und Frau, die in ihren besten Momenten wissen, daß sie nichts von einander wissen können. In dieser Pantomime waren Strindbergs Erfahrungen, war am letzten Ende sein Satz: „Als ich in diesen Tagen in der Zeitung las, in einer Fabrik seien zwölf Frauen lebendig verbrannt, erfaßte mich eine grimmige Freude: „Zwölf Stück? Gut!" Aber der Ritter Des Grieux und all seine radikale Anständigkeit zur Manon Lescaut war auch darin, vieler Symptome Typisches wurde in ein grelles Plakat eingefangen, dessen fanatische Geistigkeit noch den Feinsten beschäftigen könnte, als wäre er bei sich zu Hause. So wirkte eine Harlekinsposse klärend, scheidend, ordnend, logisch —: moralisch. Moral ist männlich und ist Ordnung; sie geht, glücklichster Weise, die Frau nichts an, welche das Chaos ist und die Wildheit.

Aber die kleinen Spezialitäten der Moralität, wie sie einem Apachenmädel sich bilden und einem ungeschickten Liebhaber, münden in den ewigen Strom. Monsieur Delmas tritt auf, von den ‚Ambassadeurs' in Paris, ein fast zu großer Herr, voll Routine, und der verzichtet auf alle Requisiten romantischer Seitentäler, der gibt einfach, schlicht und groß, die Ritterlichkeit, die Menschlichkeit des extremen Altruismus. Von aller Gier, dieser so lächerlich und bedenklich verherrlichten Lust, ruft er zurück zur Entsagung: „Ne profanez pas la chair des femmes." Das hören die Leute voll Ehrfurcht an. Sie begreifen rasch den Vorteil: wie der Ungenauigkeit ihres Herzens Haltbares versprochen wird. Sie werden innerer Anordnung geneigt und gewinnen plötzlich den Mut, einzugestehen, wie gar elend sie waren. An diese Misere, da nun der Boden präpariert ist, darf sich Monsieur Delmas heranwagen mit Tröstungen, Aussichten, Vorstellungen, die das Variété zur Kathedrale machen. Allen, die da mühselig und beladen sind, beschwört er die Golgatha-Vision — là-haut, là-haut! — und allen: Arbeitern, Matrosen, Beamten, Huren und Statthaltern, verheißt sein Lied, nach dem Kalvarienberge ihres Alltags, das reine Sonntagskleid der Erlösung ... Da mußte ich der Brettlsängerin Nine Pinson gedenken, wie sie, in der ‚Gaîté Montparnasse' zu Paris, ‚la divine chanson' gegeben hatte, einem wilden Parkett syndikalistischer Arbeiter diese Engelsmelodie hingeschenkt hatte, diese frohe Botschaft schönerer Zukunft, mit vorgebreiteten Händen, mit preisgegebener Seele, voll schwestersüßer Gnaden: sie, eine Verzehrte, Verzerrte aus der Gegend des Toulouse-Lautrec ...

Gewiß: das café-concert enthält ebenso schärfste Opposition gegen das Christentum und zumal gegen die Geistlichkeit. Aber das ist die Opposition Voltaires, ein geistiger Angriff, der nichts beweist, als daß sich alle Lager der Wirkungsmöglichkeiten dieser Arenen bewußt sind. Und gewiß: die Obszönität wird, vielerorts, auf scharfe Spitzen getrieben. Aber gerät sie nicht eben dadurch in einen fahlen Schein von Größe, von Mut, von Verantwortung? Wer so bleckend, so schleckend seine Raffinements bekennt, hat vom Trotze des Bösen und bietet seine schlimmen Fieber ganz der Vergeltung preis. Auf den Podien östlicherer Länder serviert man die Anstandsverletzungen in wohlerwogenen Dosen; ist deshalb auch des Zusammenbruchs und des moralischen Arrangements nicht fähig. Nur unanständig ist da diese Sorte Literatur und sentimental, unmoralisch und dumm.

Dumm: weil sie ganz unfruchtbar ist und nichts erreichen will. In Frankreich will Geistigkeit wirksam sein und läßt sich keine Szene entgehen. Was hat das Theater vermocht! Des Beaumarchais ‚Mariage de Figaro', sagte Napoléon, war schon die ganze Revolution. Heute gibt es parteipolitische Cinéma-Films. Im Grunde ist jede Tingeltangelvorstellung ein propagandistisches Meeting. Dicht neben der ‚Gaîté Montparnasse', die sozialistisch ist, steht ‚Bobino', und diese Perle von music-hall ist nationalistisch. In einer Matrosenspelunke zu Brest, vor ein paar Jahren, entwickelte ein Künstler, der elegant war und welkende Veilchen im Knopfloch trug, als heiße er Robert Graf von Montesquiou, so ziemlich das Programm der ‚Guerre sociale'. Auf Wirkung verzichten: das wäre ja Tod. Deshalb sind unter den Themen des café-concert diese: Politik und Religion und Moral: welch letzte ihren Erregungen längst alle Reize des Oppositionellen beigefügt hat und durch Casuistik bewahrt bleibt, so langweilig zu werden wie jede Art von Libertinage.

# DER GEDANKEN-STRICH

Eine Novelle

Um dieses weiß man wohl: wenn erwünschter Halbschlaf, eine in Tiefen, wie durch Mokka angeregte Betäubung, mit einem Ruck, brüsk, der Bewußtheit näher-springt? wenn wir höher, dem Lichten zu leider geschnellt werden? Lind immer noch ist das Bett und das Gelöstsein; doch den Verantwortungen sind wir weniger entfernt, das entsetzt uns leise, denn wir fühlen, daß wir in jene imaginären Couloirs (o: die comfortabelsten!) nicht zurückschlüpfen können. Jener Luxus gab sich ohne Befehl, ohne Bezahlung. Der ist verloren. Noch sind wir unterhalb des Erwachens —: selbst dieses Äußerste steht bevor. Ein Gedanke, allzu besorgt, nicht zu verabschiedend, hat diese Ent-Täuschung, Ent-Zückung, diesen désenchantement verschuldet.

Dann erwachte ich. Weit geöffnet das Fenster, jenseits einer Wildnis von Frauenkleidern. Von draußen drang wohl Mondlicht ein, crême und grün, und sanfte Ballen dieser Düfte: Myrrhen, die den Boulevardbäumen abends der Regen abgeschmeichelt hatte; eine erotische Art von Benzin, die gewisse Auto-Sorten treibt; all die Gemüse des atmenden Bodens; die naive Penetranz der Straße; innere Mysterien der Frauen; und die lautlosen Vorpostengefechte der Angst. Doch im Schlafzimmer gute Parfums beruhigten mich und die weißen Spiegel, zart-gelbe Kissen, viel verwöhnendes Kostbare, doch wie verboten und bezahlt aus Entschlossenheiten, die niemand anerkennen würde, auch Ihr, Entwurzelte, kaum . . . Holdest gespiegelt in dem englisch kreidigen Rahmen erblickte ich Mama.

„Frühe Nacht, und Du erwachst schon, Liebling?" sagte sie.

Nicht sofort ward alles kenntlich. Jeder Schlaf fälscht die Welt neu — oder (weniger lügnerisch:) mancher Schlaf summiert, mancher beseitigt das Ge-Wachte. Mama stand da, fast völlig angekleidet, aber so wenig wieder auf der Brust, und draußen würde es frisch sein, — der lange Sammetmantel, der keinen Besatz hatte, noch über die Stuhllehne geschmiegt, so hinfällig, so bewußt dessen, was erreicht werden mußte. Mama tupfte die Quaste in die Puderdose, die silberne —, und Stift und Schminke mußten dies Antlitz verdächtigen: diese Bühne unendlicher Liebe.

An diesem Punkte begriff ich meine Ermattung, das Deplazierte auch der Lyrismen. Ja, müde durfte ich —, *ich* sein zu aller Zeit. Sie je schöner, ich gequälter . . . Doch das kannte ich ja, es hatte mir nichts an, ich wies es weg. Betriebsqualen. Kein Fieber entzöge mich der Pflicht noch, und der Erkenntnis von Sensationen aus dieser Haltung. Mit Kolportageschrecken hatten Bürger, Ärzte, Dramatiker, Parlamentarier etliche Provinzen gepflastert. Das lehnte ich ab.

Erdbeerfarben blühten die Lippen von Mama. Ihr Blick glomm aus blauem Eise. Sie kam (ach) aus dem Winter, längst war Frühling. Ein Reh. Ich liebte sie unendlich.

„Und Du versprichst mir —", sagte ich.

Sie, halb in der Tür: „— daß ich nichts empfinden werde? Aber, Liebling, das weißt Du doch, ein für alle Mal."

Sie war schon weg.

Sollte ich ins Café gehen, mit einem Buche? Am Nachmittag war im Café de la Métempsychose eine helle Dame gewesen — o: in den zarten Farben des späten Renoir. Sicherlich war sie würdig angebetet zu werden. Schon hatten meine Nerven in den großen Rausch jagen wollen; aber ich zügelte sie: ein erfahrener Bereiter. Kalt sei, wer das Chaos genießen will. Man präpariere jeglichen Taumel, wie die Compagnie Générale du Travail einen Streik. Die Hände dieser Dame besagten, daß sie die Tochter eines Eisenbahnkönigs sei. Sie mußte viele reizende und nachahmenswerte Irrtümer begangen haben. Und auf die Frage ob sie an Gott glaube würde sie geantwortet haben: „Das hängt davon ab, ob Gott an mich glaubt." Vielleicht würde ich diese

Milliardärin wiederfinden und ihr, aus anregender Entfernung, Hübsches in den Mund legen dürfen.

Ich ging nicht ins Café. Spät in dieser Nacht kam Mama zurück. Begleitet.

„Liebling, ich habe Dir . . .“

Ich ergänzte (denn soviel wußten meine Nerven vorher): — „einen neuen Vater vorzustellen.“

„Ja.“

Wie war sie süß.

Eine korrekte Verbeugung des Gehrocks da, fast schon eingesetzt in große Rechte. Wohl ein Beamter, ein Philosoph, ein Präger notwendiger Worte über Schmach und Nationalismus und traditionelle Tüchtigkeit.

Was jetzt geschehen würde, mußte ja das Heiligste sein -: das, was ich *kannte und zurücknahm*, — wiegleich ein Schöpfer seine Welt in sich *zurücksöge*.

. . . . Aber hier spaltet sich diese wahre Erzählung in zwei Geleise. Die abstoßendere Lesart läßt Schüsse fallen von irgendwo, Mama ist tot. Ein Drahtgerippe hat (in einem Rest von Höflichkeit) ihre Formen bewahrt und prononciert meine leer tastende Verzweiflung. Mama ist tot für den Gehrock und in den besten Beziehungen auch für mich, das war ja vorauszusehen.

Gegen dem über steht ein Idyll, als freundlichere, deutschere Fassung der Legende. Er ward mir der liebevollste Papa. Jeden Wunsch las er meiner Mama von den (längst nicht mehr geschminkten) Lippen ab. Gelegentlich neigte sie ihr Köpfchen schelmisch zu ihm und flüsterte süße Geheimnisse in sein immer selbes Ohr. Dann barg er die Errötende an seine feste Brust. Und expropriiert ward nach und nach meine Alleinherrschaft durch eine Schar zahlreicher, allerdings blutarmer Geschwister.

# MANON

Fragmente eines konventionellen Detektivromans

I

### Sitzendes Fräulein

Sie saß . . . und wußte (weil es ja zu ihrer Kriegsrüstung gehörte), daß diese Tatsache: *„Manon sitzt"*, die Augen vieler feiner Herren zu triefenden Sternen machte.

Sie wußte das so nebenbei.

Jene Herren waren in Revolte, seitdem Manon ihnen zum erstenmal die Hand hingehalten hatte.

Eine fleischige, saftige Hand, die viel wog, immer eine liebe Temperatur hatte und weitere, treu innegehaltene Fleischlieferungen in Aussicht stellte.

Alle jene dont la chair était en volupté hatten kindlich diese artischockenrunde Hand genossen, und diese Uniformierung des Genusses, des Flirts und der Werbung war eine bemerkenswerte stilistische Eigenschaft der Manon.

Das junge Mädchen war etwas zu üppig für achtzehn Jahre. In D . . . war es noch nicht aufs Pferd gestiegen, hatte es kein Auto mehr gelenkt. Dafür zügelte es Herren, chauffierte es Existenzen, die sich längst einen Stundenplan approbierter kleiner Empörungen zurechtgelegt hatten.

Manon *entordnete* diese Revolutionäre, deren einzige Bürgerpflicht geworden war: gelegentlich sehr diplomatische Wendungen oppositioneller Eleganz auf irgendeine ungefährdete Tribüne zu tragen.

Manons Geruch war der eines Rehs. Viele waren leise betäubt, wenn sie ihr nahe kamen. Sie erlagen der Andeutung einer Ohnmacht, und nichts konnte süßer sein. Das Parfüm, in dem dieser Leib jung einherging, war leise würzig, von zarter Kraft, im Grunde aber nur zwei Generationen von den Selbstanzeigen der Kuhmagd entfernt.

Man raffiniere die Bäuerin, und man wird eine lächelnde, boxende, duftende Manon erhalten.

Sicherlich war sie ein freches Wunder. Wenn sie *saß*, so konnte man sie *reifen sehen*, Ganz vorsichtig schwollen ihre Hüften, schob sich ihre Taille in die Breite. Manon war im Knospen.

Ihrer Hand folgte ein zuverlässiges Stück unbedeckten Arms, bis zum Ellenbogen, wo es in den Tunnel des gesprenkelten Blusenärmels einfuhr. Um den Hals kreiste ein gestickter Kinderkragen. Manons Haare, lieblich gewellt, spielten wie dunkelblaue Nattern, die, etwas rechts auf diesem Köpfchen, ungern des Scheitels nicht immer sauberen Grenzgraben innehielten.

In der Tat, der Kopf der jungen Dame war zu klein für ihre in prononcierter Haltung gelegentlich junonischen Formen. Hier waren die Proportionen der Venus aus dem Louvre in einen preußischen Vorort geraten, Doch berauschend schön entschloß sich, zwischen dem reizenden Schwalbenflug der Augenbrauen, der Nasenansatz, nach berechnetem Zögern, zum klassisch-reinen, artig-starken Vorsprung.

In Ansehung ihrer Brust war Manon überzeugt: diese sei vor einem halben Jahr voller gewesen als jetzt. Aber vielleicht glaubte Manon das nicht wirklich; sie äußerte es nur, damit ihrer Wohlhabenheit ein dokumentiertes Kompliment nicht fehle, einmal zu einem Herrn, der Gelegenheit hatte, den leichten Ausschlag, den sie vorne trug, rührend zu finden, Schema Backfisch und herzenswert.

Wie sie nun *saß* (mit jenem Lächeln der Brandstifterin), erfüllte diese Jungfrau, deren einziger Herr *Napoleon* war, ein wichtiges Geschäft.

Sie schrieb einen Brief an ihren Onkel, den Abbé, der gefragt hatte wie oft sie zur Beichte gehe. Die Wahrheit war, daß Manons Herz allzu beschäftigt gewesen war, als daß sie auch nur im Beichtspiegel die Rubrik hätte aufsuchen mögen, in die sich ihre anmutig variierten Sünden einreihen ließen. Manon escamotierte geschickt des Onkels Besorgnis durch die Unschuld einer heuchlerischen Stadtbeschreibung: „La vie de D . . . diffère bien de celle de Paris . . .“ Dieses Bekenntnis fanatisch abgelegt, war die Strafarbeit in rettende Schwatzhaftigkeit gelenkt.

Dann stürmte das Mädchen mit Dragonerbeinen ans Klavier.

Die Valse brune im Kreise Teltow!

Oh, la la.

## II

### Spuren im Schnee

Man schrieb erst Anfang Dezember, aber es hatte schon mehrmals ergiebig geschneit. Der Villenvorort bei D . . . sehnte sich nach weißem Schlaf und schuldlosen Träumen. Dicht fielen die fetten Flocken in dieser Nacht und breiteten Kissen über die festeren Laken. Es ging gegen den Morgen. Die letzten Autos hatten ihre raschelnde und duftende Fracht in ephemere Hochzeitsbetten gekippt. Da und dort, aus dem ersten Stockwerk einer Villa, irrte noch rotes Licht in den Schnee. Selbst die spätesten kleinen Fußspuren, hingetippt nur von oft entdeckten und wieder verheimlichten Frauenbeinen, vergingen jedoch unter der milde verwischenden Watte. Der Schnee verrät alles und bereut jeden Verrat. Das deutet auf Geist, denn mit dem Triumph des Detektivs ist alles lustige Spiel zu Ende. Wenn in diesem reichlichen Gestöber jemand aus der Tür eines Fräuleins schliche: wie lange würden seine amerikanischen Schuhsohlen die Bequemlichkeit, auf der ein guter Ruf nistet, erschüttern? Immerhin müßte man die eingeschneiten Häuser junger Mädchen vielleicht *rückwärts gehend* verlassen? Oder man zöge sich, gelegentlich, von den Dächern der Deflorierten im Monoplan zurück, was?

Während solcher Entwürfe *Ostaps*, eines Jünglings, schlank und nicht gefallend, der bis 3 Uhr morgens gearbeitet hatte und in der leichten Kälte froh wurde, fielen die weißen Flocken dichter und dichter. In der Tat, es fehlte nicht viel, so hätten sie sich *wie ein Leichentuch über die schweigende Erde gelegt.*

(An dieser Stelle beglückwünscht sich der Autor: er hat das vollkommene Cliché erreicht. Er wünscht sehr abgegriffene Sätze zu schreiben, etwas verdrossen dahinzuleben, bis zu jener Generalinfektion, deren Erwartung allein allerdings seine himmelschreiende Langeweile im Voraus ein wenig verklärt. Ein Gesottener der Skepsis, giebt er sich das Recht zu nichts als zur Konvention, kaum die Freiheit zu einem Seufzer, und verdächtigt noch seine Krankheiten, als Nachahmungen ohne Wert.)

. . . Indessen fiel der Schnee dichter und dichter. Die Wolken hingen voll grauer Reize. Ostap überging eine Brücke. In der Tiefe fror der See. Birken, zitternd, flüchteten die Abhänge hinauf. Ein Schwan zerteilte, vor Kälte eilig, diese schwarze Nacht. Das Gaslicht, in hohen Lampen stampfend, betonte eine Finsternis, die moorbraun war, kostbar und imaginär. Die Alleen fröstelten auf eine distinguierte Art. An den Fensterreihen des Postamts verblühte Geranien leuchteten geringfügig. Ostap liebte zärtlicher der Ebereschen Büschel dunkelroter Beeren. Das Licht vor dem Feuerwehrhause aber, in Bonbonrosa gehalten, hätte besser in englische Sensationsprosa gepaßt, als in Ostaps, eines Vielspältigen von bizarrer Bildung, verdächtige Monologe. Die fast ganz aussichtslos gestreckten Äste eines schmutzigenBaumes, der sommers ein Kastanienbaum war, machten Ostap schutzbedürftig nach heißem schwarzem Kaffee. Er streifte hängende Zweige sehr bleichen Weidenlaubs, und da war um ihn die Seligkeit millionenfach zerstäubenden Puders, himmlisches Glitzern und aller Glanz der Weihnachtsnacht. Im Osten jedoch, über der Bundeshauptstadt, troff der Wolkenhang schlimm. So trübe glimmt Waschwasser, das von einem abgespannten Mädchen mit übermangansaurem Kali vermischt worden wäre.

Und Ostap, jeden Schritts die blütenhelle Reinheit des jungen Schnees unerhört entjungfernd, nahm den Weg zu dem netten Hause, in dem Manon wohnte und die anderen. Er ging Wege, die er wußte. Kein Laut. Nur ein Rabe, aufgestört, krächzte und schüttelte sein Gefieder. Das sprühte. O, diese Winterfrühe, niemandem außer ihm so schimmernd aufgebaut mit gespensterweiß umhüllten Zäunen, war süß und war ein Geschenk! . . .

Als Ostap das Gartentor öffnen wollte, erblickte er, von der Haustür ausgehend, die *frischen Fußspuren eines Kavaliers.*

## III

### Sachliche Angaben

Manons Vater, vollblütig, lebensrosa, traditionell-egoistisch, unpolitisch, brav, war der reichste Kaufmann am Platze. Er wußte was seine Tochter wert war, denn er unterschied die Frauen. Manons Mutter war die in der Provinz übliche Kapotte-Trägerin. Manon, in frühe Mannbarkeit eingerückt, warf sich heftig in die Passion, ja in die Raserei zu einem gewissen *Marcel*, einem jungen Schönling aus guter Familie, den praktische Rücksicht hinderte, bei der Manon über die geläufigsten, der Reputation unschädlichen Höflichkeiten hinauszugehen. Für das gewollt Fragmentarische seiner Empfindungen entschädigte er sich an einer Routinière, bei der nichts zu befürchten war. Und weil Manon, stürmisch hingestrecktes und doch der Klugheit versagtes Terrain, unbequem wurde, machte Marcel, daß sie nach Paris kam, in eine Mädchenpension, in eine fromme, streng verschlossene Kiste, aus der nur an Sonnen-Nachmittagen sehr reglementierte und von den Studenten quer durch den Luxembourg zwanglos verspottete Collektivmärsche hinausführten. Übrigens erledigte Manon die Reise aus ihrer Stadt nach Paris im Auto, selbst lenkend, denn sie besaß das Diplom. In jener boîte nun, gegenüber der uralten Kirche von Saint-Germain-des-Prés, lernte Manon vieles Wichtige in Hinsicht geheimer Korrespondenzen, verabredeter Zeichen, unauffälliger Signale, nächtlicher Anschläge. Sie ersah klug, daß besser als die Unschuldsmiene ein kleines, herzig feilgehaltenes Schuldbewußtsein wirke. So *spielte* sie das Kind, das sie *war* — aber das sie nur noch unter gefährlichen Irritationen war. Sie gab ihren geistlichen Patroninnen das verwöhnte Mädchen, auch das unartige, selbst verliebte, kecke Mädchen, aber das alles nur, um wirklich Unerlaubtes zu verdecken. (In Wahrheit war freilich auch dieses Schlimmere, von Manon für unerlaubt gehaltene, nicht schlimm. Ja, selbst als Manon, ein Jahr später, mit aufrichtig gereizter Physis in die Wohnung eines Garçons aus Uruguay lief, da war nicht einmal *das* schlimm. Denn für reiche Mädchen gibt es nichts Schlimmes. Dies ist der Grund weshalb alle Romane Dramen Essais unter armen Leuten vorgehen.)

In ihrer komplizierten Seelenkunde heiter vervollkommnet, kehrte Manon ins Elternhaus zurück und ward ihrem angebeteten *Marcel* von neuem so tonisch, daß der, so-oft Manon sich ihm angesagt hatte, immer gleich ins Nebenzimmer die Routinière engagierte, die dann, kaum war die Bürgerstochter fort, alle Stimmung geruhsam empfing. So sehr verwirrten schon damals kindliche Besuche der Manon jene die häufig keinen sehnlicheren Wunsch hatten, als von ihr in Ruhe gelassen zu werden.

Als, bald darauf, die Routinière, von der Behörde leicht ausgezeichnet, nach Montpellier siedelte, ersann Marcels unerträgliches Gereiztsein das Meisterstück. Er überredete Herrn

Camargue: zum Chic einer patrizischen Tochter gehöre die deutsche Sprache. Und so sah sich Manon eines Tages nach D . . . eingepackt.

IV

### Olafs Glück und Ende

Manons erstes Opfer in der Pension des Villen-Vororts bei D . . . war ein junger, wegen der Lungensucht beurlaubter Bankbeamter. Während des Diners bewarfen sich die beiden lächelnd mit Apfelschalen. Die Orakelform der sich hinkräuselnden Schlange bedeutete den Anfangsbuchstaben des nächsten Liebhabers. Es war ein O, und die Weissagung traf ein.

Olaf, Student, Sohn des Pensionats, kam durch die Manon in Tränen. Sie gab ihm viele Küsse, vor aller Augen, um den Anschein zu erzeugen, das seien kindliche Spielereien. Und wie, bei Poe, niemand den offen daliegenden Brief findet, so fand niemand etwas in diesen offenbar harmlosen Zärtlichkeiten. Olaf, völlig aufgewühlt, bereicherte sich enorm, obgleich Manon ihn nicht zu allem was sie wußte hinzulenken wagte. Immerhin unterhielt sie sich eine Zeit lang bei dieser Freiheit, die nur durch die psychologische Faulheit ihrer Umgebung ermöglicht wurde. Der Fall lag so: Manon verheimlichte hier, eben durch diese Offenheit, nichts was ihr ein Vergnügen bereitet hätte, aber etwas was, unbegreiflicherweise, als Lust und deshalb als verboten galt. Zugleich schien es Pflicht jedes jungen Mädchens, dieses Verbotene dennoch zu tun. Das bewiesen alle Romane. So tat denn Manon, die Zuverlässige, das Verbotene aus Pflicht- und Stilgefühl, aus jenem rührenden Ordnungssinn der schon die dünnbeinigen Neunjährigen am Strande von Saint-Malo Sätze von Dumas fils sprechen läßt. Manon küßte, weil es ihren achtzehn Jahren entsprach, und weil alle Welt es zu fordern schien. Schade nur, daß man ihr die Erfüllung dieser verlangten Übertretung all zu leicht machte.

Zwischen ihr und Olaf stand das Hemmnis einer vollkommenen Ungehemmtheit. Es fehlte der Zwang zu jenen Geheimnissen Verwicklungen Gefahren die auszukosten sie in der verschlossenen Pariser Kiste gelernt hatte. Schon erwog Manon, künstliche Hindernisse zu schaffen, da entdeckte sie, daß ihr der ganze Olaf langweilig geworden war. Sein Glanz hatte drei Wochen gedauert.

Entlassen, geriet Olaf in die übliche Krise. Weinend legte er der Ungetreuen ein Marzipanschwein ins Zimmer, mit diesem Zettel: „Für Manon vom lieben Olaf." Abends fand sie das Schwein und verzehrte es naschhaft, sich auskleidend. Sie vergötterte Marzipan und schluckte dicke Bissen, nicht gut zerkaut, hinunter. Kniete nieder, murmelte ihr Nachtgebet, legte sich zur Ruhe, müde wie ein Tier und den Mund noch halbvoll von der leckeren Opfergabe.

V

### Beisammensein

Das Theater stellt ein kleines Zimmer dar, das (mit hellen Eichenmöbeln) etwas zu einfach ausgestattet ist, als daß man es ganz behaglich nennen könnte. Im Hintergrunde ein Fenster, auf einen Balkon führend (den man durch eine Tür vom Nebenzimmer aus betreten kann). Schrank, offenstehend, angefüllt zur Hälfte mit Mädchenkleidern, zur Hälfte mit Wäsche. In der hinteren Ecke links das Bett. An der Wand, besonders um das Bett herum, zahlreiche Bilder Napoleons, zum Teil auf Postkarten. In der rechten Ecke, dem Bett gegenüber, steht ein Schreibtisch, auf dem eine elektrische Leselampe mit grünem Schirm ein gedämpftes Licht gibt. Am Tisch, in einem einfachen Korbsessel, sitzt MANON. Sie ist eingeschlafen. Ihr Kopf, mit aufgelöstem schwarzem Haar, liegt auf dem Tisch, in die Arme vergraben. Sie trägt einen weißen Peignoir. Draußen ist eine regnerische Spätherbstnacht. Man hört Bäume rauschen.

Genau um 12 ¾ Uhr nachts öffnet sich leise die Tür, und OSTAP betritt das Zimmer. Dunkelblauer Straßenanzug. Er verriegelt die Tür und nähert sich der Manon mit sehr vorsichtigen Schritten. Er dreht die Leselampe ab und setzt sich dem jungen Mädchen gegenüber auf einen Stuhl; die Bühne ist dunkel; nur von der Straße her ein schwankendes Laternenlicht.

MANON (erwacht; hebt dem Kopf, sieht sich erstaunt um, reckt sich, lächelt): Das sind Sie.

OSTAP (leise, wie das folgende): Ich habe das Licht ausgelöscht, damit man vom Korridor aus nichts durchschimmern sieht. Da ist dieser Tituskopf, dieser Blaustrumpf, der manchmal des Nachts spioniert. (Er lächelt . . . und leidet. Seine Stimme hat gezittert.)

MANON: Das ist wahr, und dann kommt sie herein und plaudert mit mir, und das mopst mich. (Sie zieht ihren Peignoir fester zusammen, als ob es sie fröre, und ist verwirrt. Schweigen. Von der Straße Bruchstücke eines Gesprächs.)

OSTAP: Hier, dies Buch habe ich Ihnen gebracht.

MANON: Oh, lassen Sie sehen. (Sie macht wieder Licht und neigt den Schirm der Leselampe so, daß nur ein ganz schwacher Schein nach dem Vordergrunde und der Tür zu fällt.) Ah, von Gyp: „Napoléonette." Das ist ein Titel expreß für mich. Danke; das ist sehr chic. (Sie sucht, um ihre Verlegenheit aufzulösen, ein heiteres Gesicht zu bilden.)

OSTAP: Heute abend um 10 Uhr 25 vernahm ich in meinem Zimmer ein Rascheln. Dann leichte Schritte, die . . . etwas Süßes entfernten. In den letzten Wochen habe ich den Wert dieser kleinen Geräusche kennen gelernt. Dieses ganze Haus ist vergiftet mit verstohlenen Signalen, bedeutenden Mienenspielen, verabredeten Zeichen, mit den entzückenden Berechnungen der Klopfsprache und mit verbotenen Billets, die das einzig Wichtige der Welt enthalten. Durch die untere Spalte meiner Zimmertür schob sich etwas weißes. Ich stürzte hin: *„Ich will wissen, warum Sie die Miene so traurig haben. Bringen Sie mir heute abend gegen Mitternacht ¾ ein Buch."* Den Zettel hatten Sie geschrieben, mit Ihrer berauschenden Pensionatshand, die macht, daß ich andere Handschriften überhaupt nicht mehr werde lesen wollen.

MANON: Ach, werfen Sie mir nicht meine Jugend vor.

OSTAP: . . . Sind Sie neulich nachts wirklich ohnmächtig gewesen? Kossinka war so besorgt.

MANON: Nein, ich habe nur geschlafen . . . (Sie belebt sich. Schwarz glühen aus ihrem Brandstifterinnengesicht, das etwas zu weich und zu voll ist, die Augen. Die Haare ringeln sich böse um ihren Hals: ondulierte Nattern im Nest. Lauernd und voraussehend:) Also warum hatten Sie die Miene so traurig?

OSTAP (heiser): Das ist nicht wichtig.

MANON (mit leuchtenden Augen): Doch!

OSTAP: Vielleicht . . . liebe ich . . . Sie . . . ein wenig. Aber das ist nicht wichtig. Es geht Sie nichts an. Übrigens würde es verdammt gegen Sie sprechen, wenn Sie meine Liebe etwa erwiderten. Man liebt mich nicht . . . Lieben Sie mich?

MANON (lächelt auf eine gnadenreiche Art und nickt).

OSTAP: Nein! . . . Vraiment?

MANON: Tres vraiment.

OSTAP (mißtrauisch): Seit wann?

MANON: Seitdem Herr Marcus begann, in mich verliebt zu sein. Da amüsierte er mich nicht mehr so.

OSTAP (zieht die Manon zu sich und küßt sie auf den Mund, was sich etwas verzögert dadurch, daß Manon zunächst ihre Wangen hinhält. Man hört auf dem Korridor leise Schritte, die vor Manons Tür innehalten. Es scheint jemand an der Tür zu lauschen.)

MANON (totenblaß, flüstert): Das ist Olaf der . . .

OSTAP (hält ihr den Mund zu, flüstert): Kein Wort mehr!

MANON (mit unbewußter Anerkennung): Ah, er macht den Herrn!

OSTAP: Sei ruhig! (Er dreht die Leselampe ab.)

(Schweigen. Von der Tür her ein Scharren, ein Zögern, dann — etwa — ein Seufzen aus der Brust eines Studenten. Darauf schlürfende Hausschuhe, verhallend. Manon und Ostap halten den Atem an. Von der Straße die Huppe eines Autos, zerfließend. Regen gegen das Fenster.)

MANON (flüsternd): Wenn jetzt mein Vater — Er würde dich töten! Du siehst wie sehr ich dich liebe.

OSTAP: War Olaf —

MANON (empört): Niemals! Was willst du, er hat mich amüsiert. Zuletzt wurde er immer reizbarer, ich hatte die Idee, daß er etwas mit dir vermute. Übrigens würde ich niemals die völlige Geliebte jemandes sein können. Du verstehst: die ganze, vollkommene Geliebte.

OSTAP: Vollkommen . . . Was würden wir tun, wenn jetzt Fräulein Füllfeder wieder einmal keine Ruhe hätte finden können? Schließlich ist sie deine Lehrerin, wenn sie auch Coopers „Lederstrumpf" zur Basis deines Unterrichts in der deutschen Salonsprache gemacht hat.

MANON: Ich stelle mich schlafend.

OSTAP: Sie rüttelt und ruft.

MANON: „Ach, Fräulein Füllfeder, ich bin so müde!"

OSTAP: „Machen Sie auf, Maninka; ich muß mit Ihnen plaudern!" Zärtlich . . ., vielleicht argwöhnisch. Ich wäre schon auf dem Balkon. Keine Spuren zurück? . . . Hut hatte ich nicht. Im Regen höre ich eure Plauderei, bewundere die Sicherheit deines Spiels. Aber vom Balkon ist kein Ausgang, das Skelett im Nebenzimmer würde schön quietschen, wenn ich durchzugehen versuchte. Wie lange pflegt der Tituskopf Gute Nacht zu sagen?

MANON: So zwei Stunden.

OSTAP: Natürlich würde ich mehr für dich tun, als zwei Stunden im Regen stehen . . ., (zögernd) alles. Aber wie interessant ist es, daß wir von Gefahren umgeben sind . . . und nichts tun werden, um sie zu rechtfertigen, selbstverständlich.

MANON (enttäuscht und befreit): Selbstverständlich. (Sie schaltet die Leselampe wieder ein. Kuß, beeinträchtigt dadurch, daß die beiden mit den Nasen aneinanderstoßen. — Schweigen.)

OSTAP (denkt: Sie hat recht, ich hatte die Miene sehr traurig alle diese Zeit, ich ging in Qual, weil ich dieses Mädchen lieben mußte, diese Achtzehnjährige: die ihre Leidenschaften häufiger wechselt als ihren Stuhl, die von drei Rasereien gleichzeitig befallen wird, und die Erledigtes vergißt, wie das Kopfweh vom vorigen Tage. Ich liebe dieses mehr gefährliche als gefährdete Kind, das, in den Intervallen seines Glücks, die beste Kameradin von der Welt ist. Was aber ist es mit dieser Szene? Die Pflicht, von ihr zu erfahren: „Ich liebe dich", trieb mich in dieses Zimmer, Mitternacht ¾. Genoß ich wirklich eine Sekunde lang Genugtuung, als sie mir's gesagt hatte? Ich erinnere mich nicht daran. Denn es sind neue, quälendere Pflichten gefolgt. Zunächst: dieses Beisammensein sehr herrlich zu finden. Und, das schlimmste: dieses Kind zu unterhalten. Sie hat meine Liebe erwidert. Was biete ich ihr schnell als Gegenleistung? Sie hat ein Recht, alles zu erwarten, und sicherlich langweilt sie sich schon fürchterlich. Von der Gefahr, in der wir stecken, ist schon genugsam die Rede gewesen. Nur die *Rede*: nicht die *Tat*. Immerhin ist diese Lage sozusagen kinematographisch reizvoll. Wenn wir überrascht würden! Das ganze Haus betet sie ja an, achtet einzig auf sie. Noch ihr Schlaf ist belauert, beneidet, mit Eifersucht umstellt, und alle wollen Einfluß auf ihre Träume haben. Sie braucht Abenteuer, weil sie Rasse hat. Und sie verläßt sich darauf, daß ihre Klugheit, nachträglich herbeigerufen, einen Skandal immer wieder verhüte. So bietet sie mir diese explosiven Umstände, legt sich selbst diese Gefährdung auf, in der Berechnung, der Reiz werde es lohnen, ein gewürztes Behagen alle hübsche Angst übertäuben. Was kann ich ihr sagen, das ihren Erwartungen gleichkomme? Gibt es denn in allen Bänden des Konversationslexikons kein einziges Thema, das uns für eine Minute zusammenhielte? . . . Ich werde von dem kleinen Leo Ukraïner anfangen müssen, der freilich noch nicht im Konversationslexikon steht, . . . und mich damit erledigen.)

MANON (denkt: J'aurais bien envie de l'embrasser un peu plus follement, mais j'ose pas, ce type est trop difficile.)

OSTAP: Liebst du den kleinen Leo Ukraïner?

MANON (angenehm berührt; vorsichtig): Lieben? . . . Er amüsiert mich. Übrigens weiß man ja im Anfang nie, ob man jemanden lieben wird.

OSTAP (tief gequält): *Worauf beruht es?*

MANON (ohne zu antworten): Er hat für Hanka und mich Billette geschickt für seinen Quartettabend. Das ist sehr nett.

OSTAP (sieht umher): In diesem Zimmer habe auch ich einen Winter lang gewohnt. Sie werden in Ihr Land zurückkehren, und man wird mir wieder dieses Zimmer anweisen. Ich sehe mich schon darin. Irgendwelche lustigen Gefahren wird es dann nicht mehr geben. Man kehrt überallhin zurück, sogar an die Stätte seines größten Verbrechens: seiner Geburt. Deshalb sollte man seine Biographie, anstatt chronologisch, vielleicht lieber . . . topologisch empfinden, nach Städten, Gärten, Korbsesseln, was?

MANON: Wie Sie wollen werden. Aber jetzt müssen Sie gehen; es ist 1 Uhr.

OSTAP (empfindet: Ich habe nicht ein Tausendstel von dem erreicht, was zu erreichen meine Pflicht war . . . und worauf ich dann hatte verzichten wollen. — Sagt): Wann werden wir uns wiedersehen?

MANON (rechnet nach): Morgen soll ich Georg treffen. Glauben Sie, daß ich seine Geliebte werden muß, wenn er es verlangt?

OSTAP: Sind Sie des Teufels? Lieben Sie denn Georg?

MANON: Nein, aber er könnte mich vielleicht amüsieren . . . Also wir können uns ja öfter sehen. Aber nicht hier. Und nicht vor Ende der Woche. Und nicht jeden Tag.

OSTAP (grinst): Natürlich nicht. Aber ins Café zur Seelenwanderung bringen mich keine zehn Pferde mehr.

MANON: Also irgendwo. On s'arrangera; faut tranquilliser l'histoire. Gute Nacht! Öffnen Sie ganz leise, und gehen Sie nicht direkt in Ihr Zimmer zurück.

OSTAP (grinst, durchaus verfallen): Natürlich nicht. Schlafen Sie gut. (Er schleppt sich zur Tür, riegelt behutsam auf und verschwindet lautlos: erledigt.)

MANON (reckt sich; lächelt; gähnt; wird zuinnerst sehnsüchtig): O mein Marcel! Wärest du hier!

(Man hört im Korridor schleichende Schritte, verhallend. Von der Straße her die Huppe eines Autos, zerfließend.)

MANON (nimmt von einem Kuchenteller eine Makrone und kaut sie ausführlich durch. Kniet vor dem Bette nieder und betet. Dann stellt sie die Leselampe auf den Nachttisch, nimmt das Buch der Madame Gyp und legt sich bequem nieder. Sehr zufriedene Miene. Sie schlägt das Buch auf und beginnt zu lesen. Murmelnd): Napoléonette; chapitre premier . . .

*Der Vorhang fällt rasch.*